ORAISON FUNEBRE

DE MONSEIGNEUR

CHRISTOPHE DE BEAUMONT.

ORAISON FUNEBRE

DE MONSEIGNEUR

CHRISTOPHE DE BEAUMONT,

ARCHEVÊQUE DE PARIS,

Prononcée en présence de l'Assemblée du Clergé, de son Président Monseigneur le Cardinal de la Rochefoucault, & de plusieurs autres Archevêques & Evêques, le 20 Décembre 1782, dans l'Eglise paroissiale de Saint Roch.

Par M. l'Abbé FERLET, *Chanoine de Saint-Louis du Louvre.*

A PARIS,

Chez MOUTARD, Imprimeur-Libraire de la REINE, de MADAME, & de Madame Comtesse D'ARTOIS, rue des Mathurins, hôtel de Cluni.

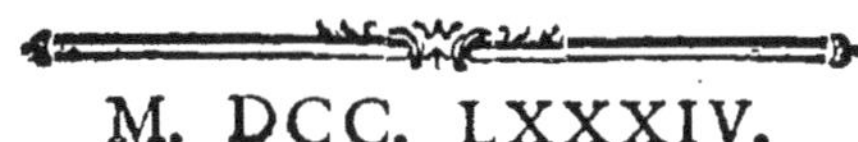

M. DCC. LXXXIV.

AVERTISSEMENT.

L'AUTEUR ſe propoſoit de faire paroître cette Oraiſon funebre auſſi-tôt après qu'elle eut été prononcée ; mais des ordres ſupérieurs, quoiqu'entiérement étrangers à la mémoire de M. de BEAUMONT, en avoient juſqu'à préſent ſuſpendu l'impreſſion. Aujourd'hui, que tous les nuages ſont diſſipés, il s'empreſſe de remplir les vœux d'un grand nombre de perſonnes auſſi diſtinguées par leur naiſſance que par leur piété, en rendant public ce monument érigé à la gloire d'un Prélat qui a été trop grand & trop respectable pour que son Eloge fût supprimé, ou pour qu'il parût sans l'aveu des Loix.

Magd. Th. Roußelet Sculp.

Natus eſt homo, princeps Fratrum, firmamentum Gentis, rector Fratrum, ſtabilimentum Populi.

Il naquit d'un ſang illuſtre, fut élevé au deſſus de ſes Freres, & on le regarda comme le rempart de la Nation. Il gouverna ſes Freres, & devint l'appui & la conſolation du Peuple.

Eccléſiaſtiq. Chap. 49, v. 17.

MONSEIGNEUR,

Monſeigneur l'Archevêque de Paris officiant

Il n'eſt ni de la gloire ni de l'intérêt de l'Egliſe de paſſer ſous ſilence les Grands Hommes qui ſe ſont diſtingués par leur piété, ſur-tout dans un ſiecle où l'on

A

accorde des honneurs extraordinaires aux ennemis déclarés de la Foi, dans une ville que des exemples multipliés de vertus pourroient à peine ſauver, & dont la frivolité criminelle s'amuſe également de l'auguſte majeſté de la Religion & des jeux profanes de la Scene (*).

C'eſt ainſi que s'exprimoit St. Grégoire de Nazianze, en commençant l'Eloge d'un illuſtre Patriarche.

Ces traits ne peignent-ils pas à vos yeux & le Prélat que je me propoſe de célébrer, & les circonſtances où je me trouve, & la ville au milieu de laquelle j'oſe aujourd'hui élever ma voix? Tout y eſt loué, ſi ce n'eſt les vertus chrétiennes; tout y eſt encouragé, ſi ce n'eſt les mœurs. O honte! N'a-t-on pas vu des hommes aſſez aveugles pour couronner le corrupteur de ſon

(*) *Neque enim alioqui pium nec tutum eſt, cum impiorum hominum vita memoriæ prodatur, eximios pietate viros ſilentio prætermittere, idque in ea civitate quam vix etiam multa virtutis exempla ſervare poſſint, quippe quæ, ut circos & theatra, ita res quoque divinas pro ludo habeat.*

Gregor. Nazienz. in obitu Athanaſii.

ſiecle, & pour décerner une eſpece d'apothéoſe à ſon ombre encore vivante? Qu'un monde inſenſé récompenſe ainſi ſes héros, & que le lieu où ils ont été les artiſans de ſes vains plaiſirs devienne le théatre de leur vain triomphe; mais du moins qu'il nous ſoit permis d'expier cet outrage fait à la vertu par l'Eloge de l'homme juſte que nous venons pleurer dans cette enceinte ſacrée. Eh! quel eſt le Temple qui ne ſoit plein de ſa gloire? Ces Autels, cette Arche ſainte, auguſtes objets du miniſtere qu'il avoit reçu & qu'il a honoré; tout ici ne nous ordonne-t-il pas de faire éclater notre reconnoiſſance, & de rompre enfin un ſilence dont murmureroient les pierres mêmes du Sanctuaire?

Ce Grand Homme auroit dû ſans doute avoir un Panégyriſte plus digne de lui. Sans autre talent que le déſir d'honorer la vertu, ſans autre miſſion que mon propre penchant, deviendrai-je tout d'un coup Prophete, comme Amos; & pourrai-je remplir dignement un miniſtere que les circonstances & la nature même de mon sujet rendent si difficile ?

O vous ! qui fûtes témoins de cette cérémonie mémorable, au milieu de laquelle un Pontife éloquent s'honora lui-même par les témoignages publics de sa reconnoissance (*) envers un Pasteur dont il avoit été l'éleve & l'ami, peut-être croyez-vous qu'en venant aujourd'hui rendre à la mémoire d'un Prélat les mêmes honneurs qu'un Prélat a rendus à la cendre d'un Ministre du second ordre, je prétende acquitter la dette que la seconde classe de la hiérarchie ecclésiastique a contractée à l'égard de la premiere. Je connois trop ma foiblesse, pour oser aspirer à une gloire si flatteuse. Cependant..... Mais arrêtons des transports trop ambitieux, & suppléons du moins par notre zele aux dons brillans du génie. Quel que soit le mérite de l'exécution, les vrais Fideles me sauront gré d'avoir loué le Gardien du dépôt

(*) Oraison funebre de M. Leger, ancien Curé de St. André des Arts, prononcée par Monseigneur l'Evêque de Senez.

Evangélique. Les indifférens & les gens du monde ne verront peut-être pas ſans quelque intérêt le portrait d'un homme reſpectable, qui a toujours été conſéquent dans ſes principes, & qui, au milieu de la puſillanimité de ſon ſiecle, eut un caractere auſſi ſoutenu, auſſi vigoureuſement prononcé que celui des plus Grands Hommes de l'Antiquité.

Pour mettre quelque ordre dans ce Diſcours, je peindrai d'abord l'élévation de ſon ame & la fermeté de ſon courage: ce ſera le ſujet de ma premiere Partie. Je le conſidérerai enſuite dans l'adminiſtration intérieure de ſon Dioceſe & dans l'exercice de ſa charité : ce ſera le ſujet de la ſeconde. Tel eſt le plan & la diviſion de l'Eloge que je conſacre à la mémoire d'Illuſtriſſime & Révérendiſſime Pere en Dieu, Monſeigneur CHRISTOPHE DE BEAUMONT, Archevêque de Paris, Duc de St. Cloud, Pair de France, Commandeur de l'Ordre du Saint Eſprit, & Proviſeur de Sorbonne, &c.

PREMIERE PARTIE.

SI j'avois à célébrer un Grand du ſiecle & non un Pontife ſuivant l'ordre de Melchiſédech, je vous conduirois juſqu'à l'origine de la Maiſon de Beaumont, ou plutôt je vous ferois voir que ſon origine ſe perd dans la nuit des temps. Je vous dirois que dans des ſiecles où des noms, aujourd'hui fameux, n'exiſtoient pas encore, on la voit développer avec fierté une puiſſance qui étonne (*). Je chercherois ſur-tout à vous intéreſſer & à exciter votre reconnoiſſance, en vous montrant Amblard de Beaumont, qui, devenu l'ami, le confident & l'allié du dernier Souverain du Dauphiné, enrichit la France en lui ménageant l'acquiſition de cette belle province. Mais à quoi bon dreſſer des autels à la vanité, ſur le tombeau même de l'homme de Dieu ? A quoi bon vanter des titres pour leſquels

(*) Voyez la Généalogie de la Maiſon de Beaumont.

il avoit tant d'indifférence, qu'il ne voulut pas en laiſſer paroître, de ſon vivant, l'hiſtoire glorieuſe? Reſpectons ſa modeſtie; & au lieu de nous arrêter à des Généalogies ſans fin, comme parle Saint Paul (*), ne louons en lui que ce qu'il eſtimoit lui-même, les vertus chrétiennes & ſacerdotales.

Elevé dans le ſein d'une mere vertueuſe, qui partageoit tout ſon temps entre les devoirs de la piété & le ſoin de ſes affaires domeſtiques, il contracta, pour ainſi dire, en naiſſant, l'amour de l'ordre & une grande ſévérité de mœurs; qualités eſſentielles pour un homme deſtiné à gouverner l'Egliſe, & qui furent, en quelque ſorte, la baſe de ſon caractere. Dans les différentes villes qu'il fut obligé de parcourir pour y chercher des Maîtres qu'il ne trouvoit pas dans ſa Patrie, il ſe conduiſit toujours avec autant de ſageſſe que de piété; & lors même que le déſir de perfectionner ſon éducation

(*) *Genealogiis interminatis.* 1. *Timoth.* 1, 4.

l'eut amené à Paris, il y vécut avec la même régularité que St. Grégoire de Nazianze & St. Basile vécurent à Athenes. Vous le savez, respectable Pasteur de cette Eglise, qui commençâtes dès-lors à le connoître dans cette carriere savante que vous parcourûtes avec lui, vous le savez; quoique l'éclat de sa jeunesse fût relevé par cet air d'innocence qui n'est que trop souvent un écueil pour la vertu, parce que c'est un aiguillon de plus pour le vice; quoiqu'il se crût obligé de fréquenter les premieres maisons & les sociétés les plus brillantes de la capitale, afin de connoître les hommes & d'acquérir cet usage du monde sans lequel notre frivolité répand un vernis de ridicule sur la vertu même; jamais il ne s'écarta de cette décence qui doit caractériser un Ecclésiastique, quelque nom qu'il porte; & loin d'abuser de sa liberté pour se livrer à la dissipation, il montroit, au milieu des joies bruyantes de cette ville, autant de retenue & de dignité que s'il en eût été déjà le Chef ecclésiastique

M. le Curé de S. Roch.

& le premier Pasteur. *Vultu Angelicus, animo magis Angelicus* (*).

Avant de le devenir, il fut Evêque de Bayonne & Archevêque de Vienne. Je ne vous ferai point le détail des qualités qu'il fit briller dans le gouvernement de ces deux Eglises. En le prêtant à deux Dioceses, la Providence sembloit vouloir lui ménager le moyen d'y faire l'apprentissage des vertus nécessaires à l'administration de celui qu'elle lui destinoit; & lorsque le temps marqué dans ses décrets fut arrivé, elle le prit, pour ainsi dire, par la main, pour l'amener au milieu de nous. Ce ne fut cependant pas sans une résistance opiniâtre de sa part; & tant qu'il crut pouvoir douter de la volonté du Ciel, il s'opposa constamment à celle des hommes. Trois fois le feu Roi lui écrit pour l'engager à venir remplir le siége des Denis & des Marcelle; trois fois ce Monarque en reçoit un refus, qui, lui prouvant de plus en plus la bonté du choix

(*) *Gregor. in obit. Athanasii.*

qu'il a fait, le détermine enfin à parler en maître, & à mêler des ordres à ses prieres. A ce langage, BEAUMONT ne peut plus méconnoître la voix de Dieu qui lui parle par la bouche de celui qui est son représentant & son image sur la terre, & il se baisse enfin sous le fardeau, quelque redoutable qu'il lui paroisse.

Hommes du monde, vous ne concevez pas qu'on puisse refuser une place à laquelle tant de richesses, tant de prérogatives sont attachées, & dont on peut, dites-vous, abandonner les fatigues à des subalternes qui en sont honorés. Ah! c'est qu'abrutis par les sens, vous ne voyez que cette terre vers laquelle votre avarice vous tient courbés, & que le Chrétien voit dans les cieux un Juge qui lui fera rendre le compte le plus sévere de tous les talens qu'il lui a confiés. C'est ce qui faisoit trembler la conscience délicate de notre pieux Prélat; c'est ce qui inspiroit à son successeur ces regrets éloquens qu'il a consignés dans cette Lettre (*) où son cœur

(*) La Lettre pastorale du 21 Mars 1782.

vous parle à tous, comme celui de l'Apôtre parloit à ſon cher Timothée.

Le bienfait du Roi fut pour BEAUMONT ce qu'une diſgrace eſt pour les autres hommes. Plein d'une ſainte indignation, il ne remercia l'illuſtre ami qui avoit dirigé le choix du Souverain, qu'en lui reprochant ſa trahiſon & ſa perfidie; reproches que St. Grégoire de Nazianze faiſoit pour un ſemblable motif à ſon ami Baſile, même après ſa mort, & en prononçant ſon Oraiſon funebre : *Novationem & perfidiam, cujus mœrorem ne tempus quidem adhuc exhaurire potuit.* Hélas! le temps vint bientôt où il auroit pu ajouter avec encore plus de fondement que ce Pere de l'Egliſe : C'eſt vous, ami cruel, qui avez cauſé tous les tourmens de ma vie : *Hinc enim mihi omnis vitæ inconſtantia & perturbatio manavit.*

D'abord tout fut tranquille, & le troupeau jouiſſoit en paix du bonheur de poſſéder un Paſteur dont les grandes qualités juſtifioient de plus en plus la ſageſſe du Monarque. Ainſi l'on voit quelquefois l'aurore annoncer le plus beau jour ; la Nature ſemble ſortir du néant, & ſourir à l'Aſtre bienfaiſant qui lui redonne la vie ; mais bientôt le ciel s'obſcurcit, le tonnerre gronde, & le ſoleil, qui au milieu des nuages n'en fournit pas moins ſa carriere, comme un ſuperbe Géant, ne recouvre ſa ſérénité que lorſqu'il eſt ſur le point d'arriver à ſon couchant.

Remonterai-je aux premieres étincelles de ce long & déplorable incendie, & en ſuivrai-je avec vous les progrès & les ravages ? Perſonne n'ignore l'hiſtoire de ces temps malheureux ; & la remettre aujourd'hui ſous vos yeux, ce ſeroit rouvrir des plaies que le temps a heureuſement fermées ; ce ſeroit peut-être ranimer des paſſions qui paroiſſent éteintes, & irriter l'amour-propre, la plus dangereuſe de toutes, parce qu'elle meurt la derniere. Ainſi, jetons un voile ſur cette longue ſuite de faits qui ſont encore trop voiſins de nous ; & en attendant le jugement libre & impartial de la poſtérité

Chrétienne, jouiſſons en ſilence de la paix, de l'heureuſe paix que la Providence nous a accordée. Mais ſeroit-ce la troubler, que de payer le tribut d'admiration qui eſt dû au courage héroïque de BEAUMONT? Eh! s'il eut des ennemis pendant ſa vie, pourroient-ils lui envier aujourd'hui les lugubres hommages que nous rendons à ſa mémoire?

Rien de plus pompeux que les traits ſous leſquels l'orgueil de la Philoſophie Païenne repréſentoit le Sage qu'elle prétendoit former. Le plus beau ſpectacle aux yeux de l'Eternel, diſoit-elle, c'eſt le Sage luttant contre l'adverſité; lors même qu'il tombe, il combat encore à genoux. Senec.
L'homme juſte, diſoit-elle encore, l'homme inébranlable dans ſes réſolutions, ſe rit des vains obſtacles qu'on lui oppoſe, & l'Univers s'écrouleroit, Horat.
qu'il demeureroit ferme au milieu de ſes ruines. Ce modele de vertu que le Paganiſme annonçoit avec tant de faſte, ne peut être l'ouvrage, ni de la Nature, ni des paſſions humaines; la Religion

ſeule peut le montrer à la terre, parce qu'elle ſeule préſente à l'homme des motifs aſſez forts pour le ſoutenir & pour l'élever au deſſus de lui-même. Quels ſont ces motifs, Meſſieurs? Notre Prélat va vous les expliquer, & vous dévoiler ſon ame toute entiere. » Je conviens, » diſoit-il dans une Lettre écrite de ſa » main à un de ſes amis, avec toute la » nobleſſe & toute l'onction d'un cœur » chrétien qui s'épanche, je conviens que » nous voyons des événemens qui ſont » capables de jeter l'ame dans la plus pro- » fonde triſteſſe, & qui paroiſſent, en » quelque ſorte, plus difficiles à ſuppor- » ter que la mort même; mais ſe trou- » vera-t-il quelque choſe au deſſus de » nos forces, ſi nous ne manquons pas » de confiance en Dieu; ſi nous ſommes » auſſi perſuadés que nous devons l'être, » que rien n'arrive que d'après les décrets » de ſa ſainte Providence; ſi nous béniſ- » ſons, ſi nous adorons la main qui nous » frappe; ſi nous penſons que Dieu ne » permet peut-être tout ce qui nous af-

» flige, que pour notre ſanctification, & » que la rigueur de nos épreuves & la » patience avec laquelle nous les ſoutiendrons, ſeront ſans doute la meſure » des récompenſes que nous devons attendre de ſa bonté ? Regardons les » ſouffrances, continuoit-t-il, comme le » caractere de ſa prédilection ; jetons » les yeux ſur la croix, & nous comprendrons combien les nôtres ſont » légeres «.

Voilà ce qui ſoutient les Héros Chrétiens ; voilà ce qui ſoutenoit le nôtre au milieu de ſes diſgraces. Voyez-le dans cette petite ville ; il y eſt auſſi tranquille, auſſi grand, que lorſqu'il marchoit au milieu de ſa Métropole, dans tout l'appareil de ſa dignité, & environné d'un peuple nombreux qui ſe courboit avec reſpect ſous la main de ſon bienfaiteur. Suivez-le dans ces climats éloignés ; avec quel tranſport il ſalue la terre qui l'a vu naître, & qui lui retrace le doux ſouvenir de ſon enfance ! Mais ſur-tout fixez vos regards ſur ces

A Lagny.

En Périgord.

A l'Abbaye de la Trappe.

sombres forêts, & contemplez-le parmi les pieux fantômes qui les habitent. Sous un ciel qui paroît toujours armé de la colere divine, dans un pays où la Nature refuse de sourire à des victimes volontaires que la Religion immole à chaque instant, il passe des jours paisibles & heureux; & c'étoit une des époques de sa vie qu'il se rappeloit avec la plus vive satisfaction.

Pour le juger, il faut avoir sa foi & se mettre à sa place. Ce n'est ni au libertinage moderne qui rit dédaigneusement de nos Mysteres, ni à l'esprit de parti qui n'adore que le Dieu qu'il se fait à lui-même, ce n'est point à eux qu'il appartient de l'apprécier; & dès le commencement de ce Discours, j'aurois pu dire : Retirez-vous Profanes, vous à qui il manque un sens, suivant le langage de l'Apôtre St. Jean, ce sens qui est nécessaire pour connoître Jesus-Christ & les dons invisibles de sa grace (*).

(*) *Dedit nobis sensum, ut cognoscamus verum Deum, & simus in vero filio ejus.* Joan. ep. 1, cap. V. 20.

Trop

Trop corrompus pour aimer la vérité, ou trop aveugles pour la découvrir, vous ne pourriez ni estimer des vertus qui sont étrangeres à votre cœur, ni donner son vrai nom à cette fierté de courage qui caractérisoit notre grand Prélat. Oui, Messieurs, c'étoit une de ces ames privilégiées que la Providence tire quelquefois de ses trésors, quand elle veut donner de grands exemples à la Terre, & la Religion l'avoit placée trop haut, pour que les passions humaines pussent s'élever jusqu'à elle. Aussi, crainte, espoir, rien ne put jamais l'émouvoir, comme une de ces hautes montagnes dont la main de Dieu posa les inébranlables fondemens. Les Elémens en fureur ont en vain conjuré sa ruine. Son front majestueux brille au dessus des tempêtes, & semble insulter à leur impuissance par une éternelle sérénité : *Qui confidunt in Domino, sicut mons Sion.*

Quelle que soit la place que l'on occupe, point de Grands Hommes sans la fermeté ; c'est elle qui ferme les yeux du Magiſtrat ſur toute eſpece de conſidérations humaines, pour ne lui laiſſer voir que la Loi & ſon devoir; c'eſt elle qui, rendant le Guerrier ſupérieur aux périls, aux obſtacles & aux revers, le place au rang des Héros. Seroit-elle donc moins néceſſaire à un ſucceſſeur des Apôtres, qui ſe trouve ſi ſouvent dans dès circonſtances où il pourroit dire comme St. Paul: Si je plaiſois aux hommes, je ne ſerois plus le ſerviteur de Jéſus-Chriſt: *Si adhuc hominibus placerem, Chriſti ſervus non eſſem.*

Récompenſer & punir par juſtice, & jamais par complaiſance ou par caprice; maintenir la diſcipline eccléſiaſtique avec d'autant plus de vigueur, que le relâchement eſt plus général; veiller ſans ceſſe ſur des ouailles chéries, les défendre contre cette foule de loups dévorans qui portent écrits ſur leur front les mots de Philoſophie & d'Humanité; combattre ſans ménagement l'Erreur, & la foudroyer ſous quelque forme qu'elle ſe préſente; s'immoler, s'il eſt néceſſaire, pour la conſervation du précieux dépôt de la Foi; ſe refuſer conſtamment à tout pacte avec l'iniquité; braver la haine, dont une crainte exceſſive, ſuivant le langage d'un Ancien, rend incapable de régner; braver quelque choſe de plus redoutable encore pour la vertu, l'illuſion des grandeurs; ſoutenir les droits de l'Egliſe contre des uſurpateurs puiſſans, & couvrir de ſon corps la borne ſacrée qui ſépare l'héritage de Jéſus-Chriſt de celui de Céſar : voilà une partie des devoirs d'un Evêque; & pourra-t-il les remplir ſans une force & ſans une vertu plus qu'humaines? Mon frere, diſoit St. Cyprien au Pape Corneille, dans cette admirable Lettre qu'il lui écrivit contre les Hérétiques ; mon frere, ſi nous en ſommes réduits à redouter l'audace des hommes pervers, & à ſouffrir que leur hardieſſe & leur déſeſpoir nous arrachent ce que le Droit & les Loix de la Juſtice leur refuſent, c'en eſt fait de la vigueur de l'Epiſcopat : *Actum eſt de Epiſcopatûs vigore;* c'en eſt fait de ce pouvoir ſublime & divin, qui nous a été donné pour gouverner l'Egliſe. Nous ne pouvons être ni

Senec.

demeurer Chrétiens, ſi nous avons la lâcheté de craindre les menaces & les piéges des méchans.

Remontons plus haut, & écoutons Dieu lui-même parlant aux Prophetes. Les envoie-t-il annoncer ſa parole à ſon peuple? tout ce qu'il leur recommande, c'eſt de ne pas craindre. Ne les crains pas, dit-il à Jérémie; j'éleverai ton ame au deſſus de la terreur. Je t'ai établi aujourd'hui comme une ville forte, comme une colonne de fer, comme un mur d'airain, pour réſiſter aux Rois de Juda, à ſes Princes, à ſes Prêtres & à ſon Peuple (*). Veut-il raſſurer Eſéchiel qu'il honore d'une ſemblable miſſion? Je t'ai donné, lui dit-il; quoi, Meſſieurs? eſt-ce la ſcience pour connoître les hommes & leurs paſſions diverſes? eſt-ce une po-

(*) *Ne formides à facie eorum : nec enim timere te faciam vultum eorum.*

Ego quippe dedi te hodie in civitatem munitam, & in columnam ferream, & in murum æreum, ſuper omnem terram, regibus Juda, Principibus ejus & Sacerdotibus & Populo terræ.

Jer. cap. 1, v. 17.

litique raffinée pour manier habilement les affaires, ou une certaine flexibilité de caractere pour les concilier? eſt-ce enfin l'éloquence pour émouvoir & perſuader les nations? Non, c'eſt la fermeté. Je t'ai donné, lui dit-il, une tête plus forte que celle de tes ennemis (*); c'eſt-à-dire, que les complots des méchans & leurs vaines menaces viendront échouer & ſe briſer contre elle; &, comme ſi cette expreſſion ſublime avoit encore paru trop foible à l'Eſprit ſaint, il la fortifie par des images & par des comparaiſons tirées des corps les plus ſolides & des matieres les plus impénétrables qui ſoient dans la Nature: *Ut adamantem & ut ſilicem dedi faciem tuam.* Vous me prévenez, Meſſieurs, & il n'y a perſonne d'entre vous qui n'applique ces différens traits à notre incomparable Prélat.

Auſſi dans quel pays ſa gloire n'a-t-elle

(*) *Ecce dedi faciem tuam valentiorem faciebus eorum, & frontem tuam duriorem frontibus eorum.*

Ezech. cap. 3, v. 8.

pas pénétré, même de son vivant? Ces Insulaires, qui affectent autant de mépris pour nous, que de haine pour nos Dogmes, n'ont pu s'empêcher de rendre justice au courage avec lequel il n'a cessé d'agir conséquemment à ses principes, & ils ont admiré en lui une énergie de caractere, dont ils ne nous croyoient presque pas capables. Ce Conquérant qui s'est fait un nom immortel en se créant un Empire, le Lion du Nord a souvent témoigné le cas particulier qu'il faisoit de l'illustre Archevêque de Paris; tant il est vrai que la différence de Religion, de pays & de condition, ne peut empêcher les grandes ames de se rapprocher par l'estime.

Notre Nation auroit-elle donc été assez inconséquente, pour ne pas rendre hommage à un mérite qui l'honoroit tant aux yeux des Etrangers? Non, sur le trône même & autour du trône, il avoit des admirateurs. Le feu Roi, qui jugeoit si bien lorsqu'il ne consultoit que son cœur, Louis XV a toujours été pénétré de vénération pour notre saint Pontife; toujours il s'eſt intéreſſé à ſon ſort avec une tendreſſe également honorable pour le Maître & pour le Sujet ; & lorſque celui-ci étoit éloigné, ou que la maladie faiſoit craindre pour ſes jours, le Monarque ne ſembloit-il pas s'écrier, comme autrefois Joas en arroſant de ſes pleurs le lit du Prophete Eliſée : O mon Pere ! O mon Pere ! vous qui êtes la force & la gloire d'Iſraël ! *Pater mi ! Pater mi, currus Iſraël & auriga ejus !* Parlerai-je de ſon auguſte Famille, & ſur-tout de ce Dauphin ?..... Ah ! mes entrailles s'émeuvent au ſouvenir d'un Prince ſi cher à la Religion & à la Patrie.

4. Reg. cap. 13. v. 14.

Que dirai-je davantage, Meſſieurs ? Les jours deviennent mauvais. Un chagrin ſuperbe, une inquiete curioſité, un dégoût ſecret pour tout ce qu'il y a de plus reſpectable, avant-coureurs ordinaires des grandes révolutions, tourmentent les eſprits & ſemblent menacer l'Egliſe. La piété du Souverain ſous lequel nous avons le bonheur de vivre, doit raſſurer la génération préſente. Jamais il ne ſouffrira que ſous ſon regne on porte la moindre atteinte au dépôt de la Foi qui lui a été tranſmis avec le ſang de St. Louis, dont il imite ſi glorieuſement les vertus chrétiennes & politiques. Mais ſi, dans la ſuite des temps, ce tonnerre qui, pour ainſi dire, ne fait encore que gronder dans l'éloignement, venoit à éclater ſur nos têtes; ah! que le Pontife qui occupera le Siége de la Capitale, ſe rappelle alors le nom de BEAUMONT ; qu'il aille ſur ſon tombeau : ſa cendre lui criera : Crains Dieu; n'aie point d'autre crainte, & tu ſeras invincible.

Vous avez vu la naiſſance, l'élévation, la fermeté de notre Prélat : *Natus eſt homo, princeps Fratrum, firmamentum Gentis.* Suivons-le maintenant dans le gouvernement de ſon Dioceſe & au milieu de ce Peuple dont il fut le ſoutien & la conſolation : *Rector Fratrum, ſtabilimentum Populi ;* C'eſt le ſujet de ma ſeconde Partie.

SECONDE PARTIE.

TOUS les hommes ſont condamnés au travail ; & plus les places qu'ils occupent ſont élevées, plus celui qu'elles impoſent eſt grand. Cependant il n'eſt pas toujours également pénible, & ſouvent la nature même des occupations les rend agréables; mais s'immoler perpétuellement à ſon devoir, ſans être ſoutenu par aucun des motifs qui flattent la vanité humaine, ſe traîner lentement ſur des détails arides & minutieux, ſe dévouer à un genre de travail obſcur, & n'avoir pour témoins de ce ſacrifice toujours renaiſſant de l'amour propre, que Dieu & ſa conſcience ; voilà ce que la Religion ſeule peut inſpirer de faire, voilà ce que BEAUMONT a fait conſtamment pendant les trente-cinq ans qu'a duré ſon épiſcopat. Son amour pour le travail étoit d'autant plus méritoire, qu'il n'étoit point naturel ; mais la Religion lui en fit bientôt un devoir, le devoir une habitude, & l'habitude un plaiſir.

O vous ! qui ſouvent plongés dans la molleſſe du Siecle, déclamez avec tant d'amertume contre les Chefs de l'Egliſe, & prétendez qu'un grand Siége n'eſt qu'un titre de plus pour s'endormir au ſein de l'indolence, venez & contemplez notre infatigable Prélat !

Après avoir réparé ſes forces par le ſommeil, auquel il ne donnoit que ce qu'il ne pouvoit lui refuſer, il reprenoit ſes pénibles exercices, & ſe diſpoſoit à fournir une journée auſſi pleine que toutes celles qui l'avoient précédée. Son travail, toujours nouveau & toujours le même, étoit un cercle perpétuel d'opérations dont l'uniforme variété ne pouvoit laſſer ſa patience. Souvent au milieu de l'hiver, lorſqu'un vaſte ſilence régnoit encore dans nos murs, il veilloit déjà pour le gouvernement de ſon Egliſe, & l'Artiſan, que le beſoin faiſoit lever avant l'aurore, étoit étonné de voir le Palais du Prince des Prêtres éclairé de flambeaux nocturnes qui devançoient de beaucoup celui du jour.

Perpétuellement tourmenté par la

crainte de manquer à quelque partie de ſon devoir dans une adminiſtration ſi compliquée, il en embraſſoit lui ſeul tout l'enſemble, ſans dédaigner de deſcendre juſqu'aux plus petits détails, & il avoit ſans ceſſe ſous les yeux cette vaſte machine dont il faiſoit mouvoir tous les reſſorts. Pénétré du véritable eſprit de la dévotion, mais ſoigneux d'en éviter les écarts ou les pieux excès, il penſoit que ſi l'Anachorete doit ſe conſacrer par état à la vie contemplative, l'action eſt le principal devoir d'un Evêque, & qu'il prie quand il travaille. Auſſi, gouvernement général & particulier de ſon Dioceſe, correſpondance ſans bornes dans ſes rapports comme dans ſes objets, diſtributions charitables, adminiſtration temporelle, économie domeſtique, il ſuffiſoit à tout. Soit qu'il écoutât cette foule de Citoyens de tout état qui venoient l'entretenir de leurs intérêts; ſoit qu'il fût aſſis à la tête des Docteurs de la Loi, ou au milieu de ces hommes reſpectables que leur charité rend les protecteurs des établiſſemens destinés à l'indigence ; par-tout il montroit, non cet esprit léger & brillant qui plaît tant à notre frivolité, mais cette précision d'idées, ce bon sens exquis qu'on peut appeler le génie des hommes en place. En un mot, si la sienne ne lui permettoit pas de tout faire, elle ne pouvoit l'empêcher de tout voir, & lui seul, lui seul gouvernoit; semblable, si je puis m'exprimer ainsi, à l'Etre suprême, qui, placé au milieu des Mondes, les voit tous rouler sous ses yeux, & parcourir réguliérement les différens cercles que sa main leur a tracés.

Que pouvoit-il faire qu'il n'ait pas fait pour prévenir la lenteur dans ses opérations ? Il se sacrifioit tout entier à l'administration de son Diocese, & l'image de cette partie de ses devoirs étoit perpétuellement présente à son esprit; elle l'accompagnoit dans ses délassemens, elle ne le quittoit point au milieu de ses repas, elle le suivoit quelquefois jusqu'aux pieds des Autels. Sans doute, s'il s'étoit livré au jeu, à la dissipation, aux plaisirs de la table, ſans doute il lui auroit fallu des Miniſtres pour régner ſous ſon nom, & pour tenir le timon des affaires qui auroit échappé de ſes mains ; il ne lui fallut que des coopérateurs. Ses vertus lui rendoient tout autre ſecours inutile ; elles le multiplioient en quelque ſorte, & au lieu de ces ſoudiviſions d'autorité qui, entre autres défauts, ont celui d'introduire dans le gouvernement une marche pénible, inégale & contradictoire, elles donnoient au Dioceſe un ſeul Chef, qui, par une ſuite néceſſaire, joignoit l'unité des principes à l'unité du pouvoir.

Pour peu qu'un gouvernement ſoit étendu, il entraîne toujours des délais, du moins apparens ; mais l'homme inſtruit ſait qu'ils ſont inévitables, & qu'ils naiſſent de l'exactitude même avec laquelle on croit devoir remplir toutes ces formalités que la ſageſſe du pouvoir s'eſt preſcrites à elle-même pour prévenir ſes propres abus.

Non ſeulement il y a des circonſtances où l'on ne peut être expéditif, il y en a même où l'on ne doit pas l'être, & dans lesquelles c'est faire beaucoup que de ne rien faire, sur-tout lorsqu'il s'agit de matieres de la premiere importance, & de quelques-uns de ces projets en quoi notre siecle est si fécond. Quel homme posséda mieux que BEAUMONT cet art de temporiser, & de faire avorter, par les délais, des entreprises qu'il ne pouvoit revêtir du sceau de son approbation?

Mais s'il avoit la prudence du serpent, il avoit aussi la simplicité de la colombe. Jamais il n'employa ces ruses, ces détours, ces subterfuges qui sont si chers aux petites ames. Toujours franc & loyal, sa finesse consistoit à n'en point avoir. Souvent, lorsqu'on venoit lui faire des propositions auxquelles sa conscience ne pouvoit consentir, il le disoit ouvertement, il motivoit son refus en déclarant le genre & la nature des obstacles qu'il éleveroit lui-même; & si l'on étoit mécontent de sa façon de penser, on admiroit sa maniere d'agir.

Il faudroit ne l'avoir jamais connu, pour

ignorer que l'amour de l'équité étoit une de ses principales vertus. Le soupçon seul d'une injustice faisoit frémir sa conscience, & il auroit plutôt tout sacrifié, que de s'en rendre volontairement coupable. D'ailleurs il étoit né avec un cœur droit & bon (*), & l'expérience seule avoit pu lui inspirer des défiances malheureusement inévitables pour quiconque vit longtemps parmi les hommes, & a souvent été la victime de sa bonne foi. Connois-

(*) Entre beaucoup de faits que je pourrois citer pour prouver sa bonté naturelle, je me contenterai de celui-ci. N'étant encore que Comte de Lyon, il avoit pris la poste pour venir à Paris, au milieu de l'hiver. Arrivé à une auberge, il entend gémir un Courrier de la poste aux lettres, qui s'étoit arrêté dans la même auberge. Il lui demande le sujet de ses pleurs. Ah! Monsieur, s'écrie le malheureux, j'ai une fievre brûlante, & les chaos de ma voiture me brisent le corps; je ne puis ni continuer ma route sans m'exposer à mourir en chemin, ni m'arrêter sans courir le risque de perdre ma place, qui est mon unique ressource pour faire vivre ma femme & mes enfans. Rassurez-vous, lui répond le jeune Abbé, je vais prendre votre voiture; & vous, vous irez dans la mienne. Ce qui fut dit fut fait, & ils arriverent tous les deux à Paris, le Postillon dans une bonne chaise de poste, & le Comte de Lyon dans une carriole.

ſant, il eſt vrai, l'énormité des maux que peut faire un diſpenſateur infidele des choſes ſaintes, & la facilité qu'il auroit de cacher ſa corruption au milieu d'un troupeau ſi nombreux, il ſe croyoit obligé de prêter une oreille extrêmement attentive aux différens avis qu'on lui donnoit. Eh! comment auroit-il pu connoître la vérité, s'il ne lui avoit pas permis de venir l'inſtruire au fond de ſon cabinet, où ſes occupations le tenoient ſans ceſſe enchaîné? Mais jamais il ne ſoudoya des ames viles pour épier le crime; jamais on ne put compter des délateurs mercenaires parmi les inſtrumens de ſon regne. L'accuſation étoit toujours ſuivie d'un examen rigoureux & impartial, & la punition n'arrivoit qu'à pas lents, à moins que l'éclat du ſcandale & la néceſſité d'y apporter un prompt remede ne précipitaſſent ſa marche. Informations multipliées, perſonnes graves & reſpectables conſultées à différentes repriſes, tout étoit employé pour diſtinguer le vrai du faux; & ce n'eſt qu'après avoir diſcuté

discuté le tout dans la profondeur de sa sagesse, qu'il prononçoit l'arrêt définitif.

Sans doute cet arrêt étoit souvent irrévocable. Mais au milieu de cet esprit de dépravation moderne, fruit honteux d'une licence effrénée de penser qui gagne tous les états, & dont le Sanctuaire même n'est pas à l'abri, que doit donc faire un Pontife suivant le cœur de Dieu, pour ranimer la discipline expirante, & rétablir l'antique pureté des mœurs ecclésiastiques ? Se fera-t-il réprouver du Ciel, comme le Grand Prêtre Héli, en se contentant de dire aux coupables : Pourquoi vous conduisez-vous ainsi, *quare facitis res hujusce modi ?* Non, il s'armera de sévérité, dût-il être dans un état de guerre continuelle ; & l'on pourra lui appliquer, quoique dans un sens différent, ce que l'Ecriture dit d'Ismaël : Sa main sera armée contre tous, & la main de tous sera armée contre lui ; il dressera ses tentes contre ses freres (*).

Reg. lib. 1. cap. 2. v. 23.

(*) *Manus ejus contra omnes, & manus omnium contra*

Ne ſoyons donc pas ſurpris de la rigueur avec laquelle cet autre Samuel exigeoit l'obſervance des ſaints réglemens. S'il en avoit impoſé d'arbitraires, s'il avoit mis ſa volonté à la place de celle de Dieu, il eût été un tyran : *Dominantes in Cleris* ; mais il n'ordonnoit que l'exécution des loix, dont il étoit le dépoſitaire & le gardien. Chef du troupeau, il étoit le premier à lui donner l'exemple : *Forma facti gregis ex animo.* Sa juſte ſévérité prenoit ſa ſource dans l'idée qu'il avoit de la ſublimité de notre miniſtere ; & ce n'étoit pas le ſeul trait de reſſemblance qu'il eût avec les premiers Peres de l'Egliſe. Cette idée le rempliſſoit d'une ſainte indignation à l'aſpect du vice ; & il chaſſoit du Sanctuaire tout ce qu'il renfermoit d'impur, comme Jéſus-Chriſt chaſſa du Temple les Marchands qui profanoient la maiſon de ſon pere.

Ep. 1. Beat. Petr. cap. 5. v. 3.

Ibid.

---

eum , & è regione univerſorum fratrum ſuorum figet tabernacula.

Geneſ. cap. 16. v. 12.

Il ne faut pas croire cependant que ſon zele fût aveugle ou barbare. Ne trouvoit-il aucun fondement dans les plaintes qu'on lui avoit portées? il rendoit ſes bonnes graces aux perſonnes que l'impoſture avoit voulu noircir à ſes yeux; & je pourrois en nommer pluſieurs à qui une accuſation injuſte a ſervi de degré pour parvenir à des places qui ſuppoſoient une entiere confiance de ſa part. Les prévarications de quelque Lévite étranger étoient-elles prouvées? il l'engageoit à retourner de lui-même dans ſa patrie, & à cacher le motif de ſon départ, afin que ſa retraite paroiſſant volontaire, ſon honneur ne fût pas compromis. Sa main libérale fourniſſoit aux frais de ces ſortes d'émigrations; &, plus tendre que le Pere de l'Enfant prodigue, il donnoit tout à des enfans d'une mere étrangere, auxquels il ne devoit rien.

Loin que le reſſentiment perſonnel entrât dans ſon cœur, ſouvent une offenſe faite à lui-même, étoit un titre pour en obtenir des graces (*); & l'on avoit peine à concevoir qu'il pût s'élever au dessus des foiblesses de l'humanité, jusqu'au point de traiter avec une préférence marquée, & de combler de ses bienfaits des gens qui n'avoient employé d'autres moyens pour les mériter, que la

(*) Dans un certain temps de fermentation, il parut, contre M. de Beaumont, un Ouvrage rempli d'injures grossieres, dans le goût des Sarcelades. L'Auteur fut recherché par la Police, & enfermé, à l'insçu de M. l'Archevêque de Paris. Un matin, ce Prélat voit à son audience une pauvre femme qui se jette à ses pieds, & qui lui demande la liberté de son mari. S'étant fait instruire de la cause de sa détention, il écrit à M. d'Argenson, pour le prier d'ordonner l'élargissement de ce particulier. Refus de la part du Ministre. Instances réitérées de la part du Prélat. Enfin l'homme sort de prison; il se rend à l'Archevêché pour remercier son libérateur. Mon ami, lui dit celui-ci, vous ai-je fait quelque tort, & avez-vous jamais eu quelque sujet de m'en vouloir? Non, Monseigneur; je n'avois pas l'honneur de vous connoître, & voilà la premiere fois que j'ai celui de vous voir. — Pourquoi donc avez-vous fait un libelle contre moi? — Ah! Monseigneur, c'étoit pour vivre, sans cela je mourois de faim. — Mais que ne veniez-vous m'exposer & me faire connoître vos besoins? A ces mots, ce Prélat lui fait donner dix louis, & il a toujours eu soin de lui & de sa veuve, tant qu'ils vécurent.

méchanceté dans les propos, ou la perfidie dans les actions.

Je ſais qu'il n'avoit pas cette politeſſe plébéïenne, ou plutôt cette popularité peu décente qui ne laiſſe voir qu'un égal où l'on devroit voir un ſupérieur. Mais ne mérite-t-il pas en cela des éloges, du moins de la part des gens ſenſés? *Nonne laudem potiùs quàm reprehenſionem hoc nomine meretur, ſaltem apud mente præditos?* Faites donc auſſi un crime au lion, de ce qu'il a ce regard noble & fier, ſymbole de ſa royauté: *Niſi quis leonem etiam accuſandum putet, quòd vultum majeſtate verendum ac regium præferat* (*).

Cependant, pour continuer d'appliquer à notre Prélat ce que le même Pere

---

(*) Malgré mon reſpect pour les ſavans Auteurs de la Traduction de St. Grégoire de Nazianze, je me ſuis permis d'y changer quelque choſe dans cet endroit, & de ſubſtituer les mots de *majeſtate verendum*, à ceux de *torvùm quemdam ac truculentum* qui s'y trouvent. βλοσυρος ſe prend en bonne comme en mauvaiſe part; & la ſuite du diſcours ſemble prouver que c'eſt dans le premier ſens que cette expreſſion eſt priſe par le Panégyriſte de St. Baſile.

dit encore de ſon ami, quel homme étoit plus agréable que lui dans la ſociété ? Il avoit des égards pour tout le monde ; mais il ſavoit y mettre ces nuances délicates qui flattent les uns ſans bleſſer l'amour-propre des autres : *Quis in cœtibus adeò jucundus ?* Quel homme racontoit d'une maniere plus intéreſſante ? La mémoire la plus heureuſe lui fourniſſoit à chaque inſtant des traits curieux, tirés de l'Hiſtoire, dont il avoit fait l'étude la plus approfondie, ou puiſés dans les cercles qu'il avoit autrefois fréquentés, & il les rapportoit avec une naïveté piquante & des graces toujours nouvelles : *Quis in narrando feſtivior ?* Quel homme aimoit plus que lui ces jeux innocens d'une converſation enjouée ? A table, en compagnie, au milieu de ſes occupations les plus ſérieuſes, il lui échappoit des ſaillies d'autant plus amuſantes, qu'elles étoient ſans fiel & ſans aigreur : *Quis in jocando argutior ?* Voilà le témoignage que la vérité doit lui rendre ; & j'oſe être ici ſon organe avec d'autant plus de confiance, que je n'avance rien dont je n'aye été le témoin fidele : *Quantùm quidem ipse cognosco, qui ipsius maximè periculum feci.* Hélas ! sa voix retentit encore à mes oreilles...... Je crois encore le voir...... l'entendre......; mais ne suspendons point par des pleurs le cours de son Eloge ; &, s'il se peut, oublions sa mort, pour achever le tableau de ses vertus.

Je ne dirai rien de son aversion pour le luxe ; elle est connue de tout le monde ; ni de sa piété, personne n'en douta jamais ; ni de la pureté de ses mœurs, ses ennemis mêmes les ont toujours respectées. Je me hâte de passer à cette vertu qui met le comble à toutes les autres, & sans laquelle toutes les autres ne sont rien, la charité chrétienne.

Quelle vaste carriere s'ouvre devant moi, & comment pourrois-je la parcourir tout entiere ? Non, quelles que soient mes expressions, elles n'égaleront jamais la richesse de mon sujet, & l'Orateur sera toujours au dessous du Héros. Esſayons néanmoins de le peindre ſous ce dernier rapport, ou plutôt crayonnons quelques traits de ſon amour pour les pauvres.

Un Pere de l'Egliſe diſoit, en parlant de ſa mere, que les abîmes les plus profonds, que la mer Atlantique même, n'auroient pu ſuffire à ſon inépuiſable charité (*). Cette figure, toute hardie qu'elle eſt, peut ſeule exprimer l'immenſité des ſaintes profuſions du Pontife dont nous déplorons la perte. Accablé ſous le poids de ſes occupations journalieres, il n'avoit d'autre délaſſement que celui de donner; & il regardoit comme perdu tout ce qu'il ne donnoit pas. Mais ce penchant, ſi beau par lui-même, n'auroit été que la maladie d'un bon cœur, s'il n'eût été dirigé par de grands motifs, & ſur-tout par celui de la Religion. C'étoit elle qui

(*) *Quam autem & qualem mulierem dico, cui ne Atlanticum quidem pelagus, ac ſi quid aliud maximum eſt, ad exhauriendum ſufficere potuiſſet? Tantus tamque immodicus ipſi inerat largiendi amor.*

Greg. Naz. in obit. patris.

présidoit à ses libéralités, & qui sanctifioit la plus heureuse de toutes ses passions.

Que j'aime à le contempler répandant ses bienfaits sur cette multitude innombrable de vierges, auxquelles il daignoit servir de pere, jeunes & tendres fleurs agitées par le sort, ou qu'un souffle contagieux alloit flétrir ! Avec quelle tendresse il éleve autour d'elles une barriere impénétrable & sacrée !

L'éducation des jeunes gens ne lui paroissoit pas un objet moins essentiel ni moins digne de son attention pastorale : aussi n'épargnoit-il rien pour procurer à leurs talens naissans la perfection & la maturité dont ils étoient susceptibles. Il leur avoit principalement choisi pour asile cette école, la plus féconde en éleves de mérite, par un effet de sa constitution primitive ; mais, hélas ! la plus pauvre de toutes, par une suite de notre indifférence pour les établissemens vraiment utiles, antique & respectable Sanctuaire des bonnes études, auquel il ne

La Communauté de Ste. Barbe.

dédaigna pas de confier lui-même les rejetons & l'eſpérance de ſa Maiſon.

Les aumônes particulieres qu'il conſacroit à l'inſtitution des enfans des deux ſexes, quelque immenſes qu'elles fuſſent, n'étoient rien en comparaiſon de celles qu'il verſoit indiſtinctement ſur toutes les claſſes de la Société. Je ne finirois point, ſi je voulois faire le dénombrement de toutes les eſpeces de miſeres qu'il a ſoulagées. On s'adreſſoit à lui de toute part, & il ne ceſſoit de répandre ſes bienfaits, comme ces fontaines publiques où tout le monde vient puiſer. Mais lorſqu'il s'agiſſoit de ces perſonnes ſenſibles, que la néceſſité traîne avec peine aux pieds d'un homme vertueux, pour lui expoſer en tremblant leur cruelle ſituation, avec quelle bonté il les recevoit ! quelles attentions, quelle délicateſſe ne leur montroit-il pas ! Avec quelle douceur il cherçhoit à les raſſurer ! Non ſeulement il les renvoyoit contentes de lui, il avoit encore l'art de les renvoyer contentes d'elles-mêmes. Lui ſeul paroiſſoit humilié, & l'on auroit dit que le bienfaiteur étoit celui qui recevoit le bienfait. Avec quel ſcrupule ne jetoit-il pas dans ces occaſions un voile impénétrable ſur ſes largeſſes ! Elles étoient un ſecret pour les confidens ordinaires de ſes charités, & il ſavoit mauvais gré à la reconnoiſſance qui le révéloit quelquefois(*). Que de bonnes œuvres n'a-t-il pas opérées en ce genre ! Bien différent de ces charlatans de bienfaiſance, qui font avec tant de faſte leurs aumônes ſecretes ;

(*) Un jour M. de Beaumont étoit ſorti de ſon château de Conflans pour ſe promener dans la campagne. Un Officier l'aborde, & lui expoſe ſes beſoins. Je n'ai point d'argent ſur moi, lui dit le Prélat attendri. Je vous dirois bien de me ſuivre au château ; mais je ſerois obligé de demander de l'argent à quelqu'un de mes gens : vous pourriez craindre qu'on ne s'apperçût que c'eſt pour vous, & votre délicateſſe en ſeroit alarmée ; voici ma montre, daignez l'accepter. Quelque temps après, il alla faire ſa cour aux Dames de France, & il fut bien ſurpris lorſqu'il entendit Madame Adélaïde lui dire : M. l'Archevêque, je ſais que vous n'avez plus de montre ; en voilà une que je vous donne, mais à condition que vous la garderez. Le Prélat la reçut avec reſpect ; & ne la porta jamais ſur lui.

divinités bizarres, qui attendent pour ſortir du nuage où elles affectent d'abord de ſe tenir cachées, que l'enthouſiaſme du parti & la curioſité du Public leur aient préparé l'encens dont elles ſont avides.

Sa charité étoit ſi incroyable, elle produiſoit des effets ſi multipliés & ſi étonnans, que le Public ne pouvoit les expliquer ſans avoir recours à la calomnie, prétendant que ſon premier Paſteur ne ſoulageoit tant d'infortunés qu'aux dépens de ſon exactitude à ſatisfaire ſes propres créanciers. Ce bruit, que démentoit l'eſprit de juſtice dont le Prélat étoit animé, fit néanmoins impreſſion même ſur des ames honnêtes ; & l'on vit un citoyen riche & vertueux venir offrir la plus grande partie de ſa fortune, pour payer, diſoit-il, les dettes de ſon Archevêque expirant, & pour préſerver ſa mémoire d'une tache qui auroit rejailli ſur la Religion. Que cet homme reſpectable, quel qu'il ſoit (car il a voulu reſter inconnu), reçoive ici mon hommage au nom de cette même Religion, dont les intérêts lui ſont ſi chers. Mais il vit bientôt par lui-même combien ſes craintes étoient vaines.

En effet, des époques fixes & réglées apportoient aux Artiſans le prix de leurs ſueurs, & jamais BEAUMONT ne ſe permit aucun emprunt. Tous les mois il calculoit les reſſources que ſes aumônes lui avoient ôtées, & celles qui lui reſtoient encore. Lorſque celles-ci étoient devenues trop modiques, il attendoit que de nouvelles richeſſes euſſent rétabli l'équilibre. Dans aucun temps ſa charité ne fut entiérement tarie ; mais la néceſſité lui en faiſoit quelquefois ſuſpendre le cours, ou plutôt il en ouvroit ou en fermoit différens ruiſſeaux, ſelon que la ſource étoit plus ou moins féconde. Le bon ordre qui régnoit dans ſes affaires domeſtiques, ſon économie, ſa frugalité, ſes privations perſonnelles, que dirai-je? une bénédiction ſecrete attachée aux œuvres de miſéricorde, tout cela empêchoit que les tréſors où il puiſoit ſans ceſſe ne fuſſent jamais épuiſés, tels que ce vaſe de la veuve de Sarapt, qui versoit d'éternelles richesses.

L'âge, qui rend les autres hommes avares, le rendoit de plus en plus saintement prodigue, & ce fut peu de temps avant sa mort, qu'il fit cette immense donation au premier hospice de la capitale. Dès que la justice des Loix lui eut assuré des trésors long-temps disputés, il voulut les placer, pour ainsi dire, à perpétuité sur le Public, & au profit des malheureux de tout âge, de tout sexe, de tout pays & de toute Religion.

M. Neker. O vous! que je n'ose nommer dans ce temple, vous concourûtes en quelque sorte, par votre zele, à cet acte de charité universelle. Votre tendre compassion pour tous les infortunés avoit formé entre vous & le Prince des Prêtres une espece d'union naturelle, à laquelle il ne manquoit que le lien d'une commune croyance. Comme cet Etranger dont parle l'Evangile, vous avez versé l'huile & le vin sur les plaies du malade, & le ministere politique que le meilleur des Rois vous avoit confié, devint presque, entre vos mains, un ministere de charité chrétienne. Ah ! puissiez-vous, à l'exemple d'un des plus Grands Hommes du siecle dernier, réjouir le temple de Jérusalem, en venant y prier le Dieu de vos peres, & remplir enfin les vœux d'un Pontife qui se seroit cru heureux, s'il avoit pu, avant de descendre au tombeau, enlever à Samarie un adorateur dont elle n'est pas digne.

(*) Me voilà donc arrivé à ce moment fatal que ma douleur cherchoit inutilement à éloigner. Comment mourra l'homme de Dieu? Ne craignez point de foiblesse de sa part, même dans ces instans qui sont si capables d'en inspi-

---

(*) La modestie de M. le Vicomte de Beaumont m'a fait supprimer ici le morceau où je rappelois son combat contre Windsor qui commandoit, dans la derniere guerre, la frégate Angloise le *Fox*, & la victoire glorieuse & complette qu'il remporta sur son redoutable adversaire. Voyez la Gazette Politique des Deux Ponts, du premier Août 1778, pag. 502; le Courrier de l'Europe, du 31 Juillet 1778, pag. 67; la Gazette de France, du 2 Octobre 1778, pag. 359 & 360, &c. &c.

rer ; il mourra comme il a vécu, toujours grand, toujours intrépide. Peu de jours avant d'expirer, il s'occupoit encore du ſoin de ſon troupeau ; & l'on peut dire que perſonne ne vécut plus avant dans la mort. Ce n'eſt pas qu'il cherchât à ſe faire illuſion ſur ſon état. En vain des oracles menteurs vouloient le raſſurer ; il entendoit depuis quelque temps au fond de lui-même une réponſe qui lui annonçoit ſa fin prochaine ; & pour ſe diſpoſer à paroître devant l'Agneau ſans tache, il ſe purifioit deux fois par ſemaine dans le bain ſalutaire de la Pénitence. Toute ſa maiſon étoit dans la ſécurité la plus parfaite, & déjà il avoit pris des meſures ſecretes pour recevoir chez lui ſon Créateur. La veille du jour où il le reçut, avant d'aller goûter un repos qui devoit être ſuivi ſi rapidement d'un ſommeil éternel, il déclara ſa réſolution avec un air de ſérénité qui annonçoit l'ame la plus tranquille. Que dirai-je davantage ? Plus courageux qu'Iſaac qui, voyant le bûcher, demandoit

doit avec inquiétude où étoit la victime, il prépare lui-même le sien, y monte avec fermeté, & y consomme son sacrifice.

Qu'attendez-vous de moi, Messieurs, à la fin de son Eloge funebre? Que je vous exhorte à lui dresser des statues? Oui, Messieurs; mais que ce soit dans nos cœurs: c'est là qu'il faut exprimer tous les traits de cette ame sublime; c'est là qu'il faut en faire revivre l'image vénérable. Le plus bel Eloge qu'on puisse faire de la vertu chrétienne, c'est de l'imiter; des imitateurs, voilà tout ce qu'elle demande. Il seroit inutile d'adresser la parole à ces hommes dont le cœur est infecté de tous les poisons d'une Philosophie mensongere, & qui, de chute en chute, sont enfin devenus la proie de l'Athéisme. Mais vous qui alliez un reste de religion avec un penchant secret pour la déplorable morale du jour, voyez la différence qu'il y a entre les Prêtres de Baal & ceux du Dieu d'Israël. Ceux-là vont semant de cruelles doctrines, substituant aux liens qui attachent à la Société, à la Patrie, à la Religion, l'intérêt personnel qui les briſe tous; enlevant au malheur ſa conſolation, à la proſpérité ſon frein, aux Monarques leurs ſujets, à Dieu ſes adorateurs. Ceux qui ſuivent leurs dogmes funeſtes, vils eſclaves de leurs paſſions, deviennent des fils dénaturés, des époux infideles, des peres barbares, des amis perfides; & en effet, avoir des vertus quand on eſt perſuadé qu'elles ne ſont que des préjugés, ſeroit une inconſéquence de plus : mais leurs paſſions mêmes ſont bientôt la cauſe & l'inſtrument de leur ſupplice. Eh! quel ſiecle enfanta jamais un plus grand nombre de ces monſtres, qui, après s'être ſéparés d'avec leur Dieu, finiſſent, ſi j'oſe m'exprimer ainſi, par ſe ſéparer d'avec eux-mêmes? Bourreaux acharnés à leur propre deſtruction, on les voit tous les jours s'arracher une ame qui leur eſt odieuſe; &, la rage dans le cœur, le déſeſpoir dans les yeux, le blaſphême à la bouche, offrir au démon juſqu'à la derniere goutte d'un ſang qui, verſé pour Jeſus-Chriſt, leur auroit valu une éternité de bonheur & de gloire.

Diſciple fidele de l'Evangile, de cette Loi qui, en nous impoſant de rigoureuſes privations, n'a eu en vue que notre félicité même ſur la terre, le ſage Prélat que j'ai peint à vos yeux, ſe ſacrifia toute ſa vie aux intérêts de l'Egliſe, aux devoirs de ſes places, au ſoulagement des pauvres, &, comme notre divin Maître, il paſſa ſur la terre en faiſant du bien. Auſſi goûta-t-il toujours ce bonheur inaltérable que donne la vertu; & maintenant ſans doute il ſe repoſe dans les tabernacles de la céleſte Sion; car, ſans vouloir pénétrer les décrets impénétrables du Juge ſuprême, comment pourrions-nous croire qu'une ame ſi pure & ſi vertueuſe n'ait pas été admiſe dans le ſein d'Abraham? Marchons donc ſur ſes traces. Vous qui avez admiré pendant ſa vie ſon zele & ſa fermeté, & vous qui avez reſſenti les influences de ſon inépuiſable charité, aimez, pratiquez une Religion qui lui a inſpiré tant de vertus; & que le Dieu qu'il ſervit avec tant de conſtance, ſoit toujours l'objet de votre culte, afin que vous en receviez la récompenſe éternelle que je vous ſouhaite.

FIN.

APPROBATION.

J'AI lu, par ordre de Monſeigneur le Garde des Sceaux, un Manuſcrit qui a pour titre : *Oraiſon funebre de Monſeigneur* CHRISTOPHE DE BEAUMONT, Archevêque de Paris, &c. Ce Diſcours m'a paru répondre à la ſainteté du lieu dans lequel il a été prononcé, à la grandeur de ſon ſujet, & au zele vraiment apoſtolique de l'Orateur chrétien, qui ne pouvoit célébrer plus dignement les grandes vertus d'un Prélat non ſeulement vénérable par l'élévation de ſes ſentimens, mais encore auſſi inébranlable par la fermeté de ſon ame, qu'admirable par l'effuſion intariſſable de ſa charité. En conſéquence, rien ne me paroît devoir en empêcher l'impreſſion.

A Paris, le 18 Janvier 1783. AUBRY, Curé de Saint-Louis en l'Iſle.

~~f° 2 b [illegible] f° 31.~~

www.ingramcontent.com/pod-product-compliance
Ingram Content Group UK Ltd.
Pitfield, Milton Keynes, MK11 3LW, UK
UKHW012106240726
13965UKWH00004B/1591

9 782013 031608